너와 떡볶이

창비
청소년
시 선
35

# 너와
# 떡볶이

이삼남 시집

창비

# 차
# 례

제1부

학교생활
보고서

# 급훈

하면 된다!
무소의 뿔처럼!
지켜보고 있다!
고3은 짧고 인생은 길다!
바람이 불지 않으면 노를 저어라!

!에 담긴 절실함이 칼끝 같다

# 이미지 세탁

학기 초라고
빳빳한 교복 깃처럼
다들 각 잡고 앉아
책만 들여다본다

그래 봤자
찌든 땀내 밴 교복
낡은 주름에 숨긴
큭큭 소리
며칠 못 간다

이미지 세탁
꿈꾸지 말고
있는 그대로
몸에 힘 빼고!

# 운동화

며칠 만에 등교한 너
짧은 안부와
긴 푸념이 섞인
몇 마디 말끝에 역시나
창밖으로 눈을 돌리고 만다

한쪽으로 닳은
끈 풀린 운동화 뒤축처럼
무엇을 뒤뚱거리다
어디를 기웃거리다
돌아온 거니

묻고 싶지만
지금은, 너도 나도
조금씩 물러나
서로에게 깊어져야 할 때

어디서부터 시작된 기울어짐이

여기까지 몰리고 몰려
기우뚱거리는 네 시간을 만들었는지
나는 아직 알 수가 없다

# 계단

두 사람이
계단 중간에서 만났다
한 사람은 올라가는 중
한 사람은 내려오는 중

기왕이면
올라가는 계단 위의 사람이
내려오는 계단 위의 사람보다
나은 거라고, 같은 자리라도
같은 게 아니라고

선생님은 내려오고 있는
내 성적표를 보며 말씀하신다

내려오는 사연
올라가는 사연
다 필요 없고
지금 있는 자리만 중요한 거냐고

따져 묻고 싶지만

아무리 곱씹어 봐도
그럴싸한 핑계가 없어
멀뚱멀뚱
시계 한 번
손톱 한 번

가끔은 창문 너머 계단도 한 번

# 고3 체육 시간

D-40
우리에게
이 시간은
골 넣는 것보다
몸 지키는 게 몇 배 중요하다

체육 샘 단골 멘트
공은 차고
입시는 잡자
슬라이딩 태클 거는 녀석은 아웃!

# 나
학교생활 보고서 1


수시와 정시 사이
내신과 수능 사이
도전과 적정 사이
표준 점수와 백분위 사이

선택과 갈등의 기로에서
나는 우선순위가 아니다

늘 엄마 아빠가
꿈꾸는 미래에만 있는

나는 내가 아니다

# 시간표

학교생활 보고서 2

아침에는 국어 문제가 솰솰 풀리고
오전에는 수학 문제가 술술 풀리고
점심 직후에는 영어가 원어민처럼 잘 들리고
오후에는 탐구 과목을 푸는 집중력이 꼭짓점을 찍어야 한다

이렇게 나는
수능 시간표에 길들고 있다

어떤 때는
머릿속 생각들이 OMR 카드처럼
칸칸으로 떠올라
수정 테이프 같은 무덤덤함으로
지우고 덧칠하고 나서야 겨우 마음이 놓인다

(꿀팁)
시험지 표지의 필적 확인 문구로 위로받을 것

"큰 바다 넓은 하늘을 우리는 가졌노라"*

* 김영랑, 「바다로 가자」 중에서.

# 학교 생활 기록부
학교생활 보고서 3


책 한 권을 보더라도
생기부 어디쯤 내려앉을지 따져 봐야 하고
나의 말과 행동이
문자와 숫자와 스토리가 되어
평가자에게도 보이는지 살펴야 한다
자율적으로 한 활동이지만
늘 타인을 의식하는 자율이어야 하고
무엇을 보고 듣든
적합성이란 녀석의 입맛에 맞는
진로 활동이어야 한다

생기부 어디에도
그냥 방바닥이나 긁고
종일 뒹굴며 게임이나 하고
친구랑 수다 떨며 떡볶이나 먹는
평범한 나는 없다

# 쉬는 시간
학교생활 보고서 4


돌부처처럼
책만 보는 아이들

와불처럼
사물함 위에서 꿀잠 자는 아이들

사천왕처럼
서로 옳다고 눈알을 부라리는 아이들

그러다 죽비처럼
공기를 가르는 시작종 소리

화두처럼
내리꽂는 급훈

북극을 가리키는 나침반처럼!

# 오답 정리
학교생활 보고서 5


오답이 오답인 이유
정독하다 보면
엉킨 실타래처럼
잡히지 않는 실마리가 꼭 하나씩 있다

정답이 정답인 이유
정독하다 보면
무심코 깨문 청양고추처럼
허를 찌르는 때가 꼭 한 번 있다

오답 정리하다
복어처럼 빵빵하게
약이 오르고
독이 오르는 건

거미줄 뽑듯
한 땀 한 땀 기워 놓은
그놈의 얄밉도록 기막힌

출제자의 의도 때문이다

# 대청소
학교생활 보고서 6


창틀에 달라붙은 민수도
낙서를 지우는 동춘이도
야무지게 옷소매를 걷어 올렸다

소복소복 쌓인 스트레스를
싹 쓸어버리겠다는 듯
얼룩덜룩 스민 불안을
쓱 지워 버리겠다는 듯

과몰입 상태다

# 모의고사
학교생활 보고서 7


웃음기 쫙 빠진 교실
한 자 한 자
칠판 위 묵직하게 눌러앉은
시간표와 유의 사항

누군가
귀퉁이를 비집고
퐁당퐁당 던져 놓은 말풍선들

얘들아 파이팅!
연습은 연습일 뿐!
기죽지 않기!

짝짝
소리 내며
튕기는
응원의 눈빛들

# 구술 면접 연습
학교생활 보고서 8

방에 진열된 걸 그룹 굿즈마다
절절한 사연이 있듯
생기부 속 활동마다
동기와 과정과 결과가
콘서트보다 진한 감동으로
켜켜이 접혀 있을 것

학과를 지망한 이유
대학이 자기를 뽑아야 하는 이유
의미 있었던 교내 활동 세 가지
나눔 배려 협력을 실천한 경험
이런 뻔한 질문들에 대한
뻔하지 않은 답변을 준비할 것

# 전설

　우리 학교 산비탈에 너구리 한 마리 살았는데 어느 날인가는 새끼도 한 마리 데려와서는 오동나무 꽃향기에 취해 아이들이 쳐다보는 것도 아랑곳하지 않다가 빗방울이 톡톡 잎사귀 때리는 소리에 화들짝 놀라 녹음 속으로 사라졌단다 아이들은 모락모락 피어나는 졸음 사이로 바스락 소리라도 들릴라치면 일제히 고개 들어 산비탈 너머 너구리를 찾는 것이 버릇이 되었다 5교시, 교실마다 창문 여는 소리와 함께 선생님들의 목소리가 산비탈 푸른 잎사귀에 스며드는 것도 이 때문이다

　너구리 한 마리 몰고 오너라

# 5교시 문학 시간 1


비 오는 오후
정지상의 한시를 배우다

別淚年年添綠波*

이별과
눈물과
강물의 의미를 말하다

春眠時時添勞困**

멀쩡한 애들 다
숙면의 강에 띄워 보낸
문학 선생님


* 정지상의 한시 「송인(送人)」의 마지막 구. 이별의 눈물이 해마다 푸른
  물결에 보태진다는 뜻.
** 別淚年年添綠波를 변주함. 봄날의 노곤한 졸음이 시시때때로 기운 없고
  피곤한 몸에 보태진다는 뜻.

# 5교시 문학 시간 2

잠 좀 깨자
선생님은
철 지난 드라마
배경 음악을 튼다

난 봐 버렸다
선생님의 책 귀퉁이
깨알 같은 글씨들

잠잘 때 써먹는 유머
요즘 유행하는 노래
인기 있는 아이돌

쉽사리
풀리지 않는 나른한
5교시의 마법

# 교실

꽃망울이다
청춘의
닫히지 않은 성장판이다

꽃의 속살은
움츠린 시간처럼
고요히
제각각
자라나고 있다

빅뱅 이전의 숨죽인 우주다

제2부

이해할 수
없어

# 짝사랑

교문 앞을 서성이다
막상
눈앞에 나타나면 또

딸꾹, 딸꾹
저기 저, 있잖아, 그, 호, 혹시……

딸꾹거리다
더듬대다
눈만 껌뻑이다
손톱만 쥐어뜯다
온 길, 갈 길
모두 잃어버리고 만다

닿을 듯 말 듯
나의 말은
무뚝뚝한 얼굴로
뚱딴지같은 표정으로

시도 때도 없는
변죽만 울리다
돌아서곤 한다

이런 나를
실없다 하겠지
너 없는 곳에서만
널 좋아할 수 있는
가여운 내 짝사랑을

# 처음

물 위에 떨어진
잉크처럼
어디로 내딛든
진하게 번지는

처음이라는 말의 설렘

# 서랍 정리

초등학교 때 썼던
연애편지를 찾았다
뭐 좋아하느냐고
어떡하면 같이 놀아 줄 거냐고
나랑 언제부터 1일 할 거냐고
수없이 날려 보낸 물음표들

사이로

아무것도
날려 보내지 못하고
끙끙 앓는 내 마음
웅크리고 앉은 지금의 나를
가만히 놓아 본다

# 사춘기

해나 왈, 자기는 3.5춘기라 식구들 모두 짜장면 먹을 때
짬뽕이 당기고 자기보다 먼저 숙제를 끝내는 내가 얄밉고
뉴스만 보는 아빠가 미운 거란다 한번 방에 틀어박히면 두
문불출인 것도 이제 곧 마음의 봄이 오는 징조란다

아빠 왈, 엄마 기분이 확 올랐다 확 내려가도 이해해라
4.5춘기라 그래 너도 자꾸 싱숭생숭 마음이 봄을 찾는 때
가 오면 방문 닫기 전에 아빠한테 말해라 마음의 준비를
해야지 아빠만 겨울이다

아직 모르고들 있나 보다 나는 이미 방문 닫고 허허실실
로 좁은 창문으로만 빼꼼 내다보는 중이라는 걸

# 쓸쓸한 일

햇살 고운
병실 창가에
너를 닮은
분홍 꽃 활짝 핀
바이올렛 화분을 두고
잠든 너를 마음속에 담아
돌아설 때

# 상처받은 일

혈액형이 같고
같은 버스를 타고
좋아하는 음악도 비슷한
나를 보고

너 해송이 맞지?
바닷가 소나무!

난 해솔이라고!
햇살 받은 소나무!

# 이해할 수 없어

나는 본체만체
친구들에게만 말을 거는 널

아무렇지도 않게
우리 집에 심부름 와서
엄마 아빠한테만 웃으며 인사하는 널

그러다
골목길에서 단둘이 마주친 날
씩씩대며 째려보다
휙 돌아서 가 버리는 널

# 왼팔

초등학교 2학년 때 태권도장 다녀오다 넘어져 왼팔 부러진 날 동네 병원 의사가 큰 병원 가라고 한 날 엄마 아빠는 불 꺼진 거실에서 서로의 어깨를 눌러 새 나오는 울음을 간신히 부여잡고 있었다

내 왼팔은 한과처럼 속이 비어서 물이 찬 거라고 의사는 기찻길처럼 먼 가늠할 수 없는 몇 가지 해결책을 덤덤하게 읊었다

그날 이후 왼팔이 문득 말을 걸어 물끄러미 바라보다 잠든 밤엔 서로 괜찮다며 토닥토닥 밤새 쌓아 가는 시간의 탑을 꿈꾸곤 했다

# 말하지 않아도

뽀로로와 친구들이 그려진
어린이 병원 수술 대기실
파이팅을 외치는 아빠도
고장 난 뻐꾸기시계처럼
걱정 말라는 말만 반복하는 엄마도
말린 옥수수 껍질보다
더 푸석한 웃음을
가까스로 지어 보였다

## 엄지척이 이렇게 힘든 줄은

몰랐다
수술실을 나온 내게
모두들 엄지척을 해 보였지만
신경이 눌린 손가락을 구슬려
온전한 엄지척을 하기까지
일 년이 걸릴 줄은
꿈에도 몰랐다

## 아빠의 편지


네가 바라보는
별빛의 길을
잃지만 않으면 돼

어디서든
일어서기만 하면
그곳이 시작이야

# 뼈 속의 방

윈팔


하느님이
선물처럼
내게
뼈 속의 방 하나를 만들어 주셨다

내가 너무
악착같을 때
모진 마음이 들 때
조용히 물러나
마음이 머물

휴식 같은 방이다

# 아빠의 등뼈를 보다

척수 경색으로 몸이 굳어 쓰러진 할머니는 해남에서 목포로 다시 서울로 병원을 옮기며 수술을 받았지만 한쪽 다리와 손가락 감각은 깜깜무소식이다 멀쩡한 정신에 마음처럼 안 움직이는 팔다리가 당황스러워 표정도 말도 입맛까지도 희미해진 할머니

그날 이후 아빠의 등에 자꾸 눈이 간다 말없이 사진첩을 뒤적거리며 들썩이는 어깨도 내가 잠든 줄 알고 이불을 끌어다 덮어 주고 돌아서는 뒷모습도 뜬금없이 내 이름을 기다랗게 속삭이는 옅은 목소리도……

아빠의 쓸쓸한 등뼈는 할머니를 닮았다

# 비둘기

일요일 아침

에어컨 실외기 위
고장 난 알람처럼 그르렁대는
비둘기 한 쌍

창문에 바짝 다가가도
팥알 같은 눈망울을 담은
고갯짓만 까닥까닥
만사가 귀찮은 몸짓이다

엄마
쟤들은 새끼도 없나
왜 아침마다 와서 신세타령이래

너 같은 아들 하나 있나 보지
아침밥도 거르고
잠만 자는 게 꼴 보기 싫어
마실 나왔나 보다

46

좌르륵
커튼을 젖히는 엄마
휘리릭
자취를 감추는 비둘기
스르륵
이불을 끌어 올리는 나

## 너와 떡볶이

일요일마다 반복되는
떡볶이 맛집 유랑
암만 봐도
그 집이 그 집인데
떡볶이 맛이
집집마다 다르다는 건
알다가도 모를 일이다

희한한 건
그놈의 맛이라는 게
매번 다르다는 거다

나에게 떡볶이는
간식이 아니라 이야기다
우정이고 인생이야
알기나 해

콩콩이 타러 다닐 때는

콩콩이가 알파고 오메가라더니

너와 떡볶이의
복잡한 함수 관계는
아무래도 수수께끼다

# 말이 된다


이상하다
하란 대로 했는데
왜 안 되지

설명서와 씨름하는 나에게
한마디 툭 던지고 가는 해나

하란 대로 해도
안 되는 거 있어
할머니가 하란 대로 해도
엄마표 장조림은 고기가 질기잖아

# 그 어려운 걸

청소 구역 정하는 날
아무도 원치 않는 화분 관리를
가위바위보로 정해 맡았다

물만 잘 주면 되겠지 뭐
웬걸, 화분마다 물 주기도 다르고
햇볕 좋아하는 놈 싫어하는 놈 제각각이다

다육이, 다칠이, 행운이, 양란이……
이력을 써 붙이고
영어 단어 외우듯
수학 문제 풀듯
서로에게 익숙해진 어느 날
양란 녀석이 피워 낸 꽃을 보고
담임 선생님이 한마디 하셨다

양란이 다시 꽃을 피워 내다니
그 어려운 걸

## 그만할래

방학 내내 기출문제와 끙끙대며
길을 찾던 네가
교실 게시판에 붙은 배치표를 짚어 가며
길을 찾던 네가
수능이 채 한 달도 남지 않았는데
책에서 손을 놔 버린 네가
내게 한 말은
의외로 덤덤했다

그만할래
나를 위해 살고 싶어
다른 누군가가 아닌

# 어른들은 모른다

떨어지는
주식 시세보다
정당 지지도보다
아파트값보다
내 성적보다

늘어나는 여드름이
길어지는 잠수 기간이
많아지는 네 주변 남자애들이

내겐 몇 곱절 더
한탄스러운 일이라는 걸

제3부

하이 파이브

# 온라인 클래스 1

모니터 속
분할된 공간마다
각각의 시선들이
모자이크처럼 놓여 있다
형형색색으로 수놓은 화면
매직 아이처럼 드러나는
또 하나의 세상

말수 적은 내 짝꿍이
손 들어 발표를 하고
잠꾸러기 도원이도
눈알을 끔벅이며
하나의 색을 채우고 있다

꺼진 화면 한 칸
시커먼 어둠 속

"내 목소리 들려요?"

누군가 길을 찾고 있다

# 온라인 클래스 2

유리창 너머
줄지어 칠판을 향한 책상들
문 닫힌 매점 앞
덩그러니 선 자판기
운동장 귀퉁이
옆으로 길을 트는 담쟁이
수돗가 비탈진 곳
옹기종기 수다 떠는 나팔꽃
잔디밭을 차지한 까치 두 마리
뒷동산 터줏대감 길냥이

쉬는 시간마다 시끌벅적하던
삼삼오오 BTS 노래를 떼창 하던
우리는 화면 속으로
모두 몰려가 버리고

학교도
화면 속 온라인 클래스도

음 소거된 일상

그토록 잠재우기 힘들었던
소란은 다 어디로 갔나

# 온라인 클래스 3

왜일까?

등교이면서도 아닌 것 같고
수업이지만 왠지 낯선
함께인 듯 따로이고
따로인 듯 함께인 시간

집에서 학교까지
버스로 20분
지금은
침대에서 책상까지
두 걸음
컴퓨터 전원만 켜면
교실이 눈앞인데

싱숭생숭
갈팡질팡

책상 앞을 서성이는 나

# 온라인 클래스 4

단방향 수업이지만
교실에 모인 것처럼
쌍방향 수업에서는
이마를 맞댄 것처럼

온라인 클래스에서는
거리 두기 금지

2배속으로 듣지 않기
게임 창 띄우지 않기
사적인 채팅 않기
마음도
눈처럼 모니터 향하기

온라인 클래스
첫 단추는

마인드 컨트롤

# 온라인 클래스 5

너 없는
며칠이면 충분했다

너는
공부만 하는 곳이 아니라는 걸
깨닫기까지

# 온라인 클래스 6
이렇게 말하면 쓸쓸하긴 하지만


세상은 변할 것이다
코로나가 아니라도
학교는 달라져야 한다
주장은 깃발처럼 나부끼지만

세상은 변할 것이다
위기이자 기회이니
교실은 변화해야 한다
구호는 꽃잎처럼 흩날리지만

우리는 확신이 없다
쌍방향으로 출석 체크를 한다고 해서
온라인으로 동영상을 되돌려 보고
스마트폰으로 태블릿 피시로
첨단의 마음가짐으로
책상에 앉는다 해도
길은 여전히 오리무중이다

대면 수업이든
원격 수업이든
고3이
몸 맡기고 달리는 길은
하나였다

입시라는 괴물이 가리키는
손끝을 향해

# 온라인 클래스 7

온라인으로 토론하고
온라인으로 발표하고
온라인으로 상담하고
온라인으로 웃고
온라인으로 떠들고
온라인으로 침묵하다 보니
문득 드는 생각

오프라인 학교에서
우리를 이어 준 라인은 무엇이었나

# 온라인 학급 게시판


전국 주요 대학 지도
지원 가능 배치표
학과별 추천 도서
과목별 학습법
멘토 멘티 조직표
수험생 스트레칭
너에게 보내는 응원의 말
십 년 후 나에게 쓰는 편지

자기만의 별을 향해
서로의 별을 향해
수없이 주파수를 쏘아 대며

고3의 밤을 건너고 있다

# 침묵은 똥이다

침묵이 금이던 때가
전설처럼 이야기되곤 하지만
요즘 교실에선
침묵은 똥이다

세상은
침묵은 금이 아니라고 한다
똥이라고 한다
선생님들은
침묵으로는 나를 보일 수 없다고 한다

말하고 싶지 않은 나
묻어 두고 싶은 나
고요 속의 나

침묵 속의 나는
무(無)라고 한다

# 수행 평가

인생 곡선 그리기


위쪽으로 10점
아래쪽으로 10점
그래프를 그린다

중요했던 일
중요할 일

내 인생
어느 변곡점에서건

자기장처럼 둘러싼
먹먹해지는 이름들

이유가 되고
목적이 되어

벽처럼 내 앞에 선다
길처럼 내 앞에 눕는다

# 스터디 카페에 가다

일요일
친구들은 잠수 타고
기분도 꿀꿀해
처음으로
스터디 카페에 왔다

헐!
중딩 고딩 대딩
아저씨 아주머니
사람이 많기도 하다

이놈의 스터디는
정말 끝이 없구나

더 꿀꿀해진 기분으로
집에 왔다

# 착각은 민폐다

학생을 완벽하게 파악했다는 학생부 선생님
자신의 풀이법이 가장 정확하다는 수학 선생님
우리 애는 착한데 나쁜 애들한테 물들었다는 엄마
다른 건 몰라도 내 자식은 내가 잘 안다는 아빠
자기가 제일 억울하다고 씩씩대며 불려 간 상진이
선생님들은 모두 차별적이라며 얼굴을 파묻은 수민이

내가 제일일 거라는
나만 바라볼 거라는
너도 당연히 내 말에 동의할 거라는
너는 한번도 생각해 보지 못했을 거라는
고집불통의 고갯짓

착각은 민폐다

# 성적표 후유증

음악을 들어도
수다를 떨어도
좀체 자리를 못 잡는 마음

책은 손에 잡히지 않고
창밖의 빗소리는
안드로메다은하에 있을지 모를
썸남썸녀에게 보내는 신호처럼
투둑 툭 투둑 툭
주파수를 날린다

1억이 있다면
로또에 당첨된다면
걸 그룹 멤버와 사귄다면

이런다면 저런다면
고무줄처럼 늘어난
상상의 끝자락에서

풍선처럼 부푼
망상의 꼭짓점에서
톡—
펑—
끊어지고 터져

다시 찾은 내 자리엔
성적표에 찍힌 숫자만큼이나
또렷한 오늘이 기다리고 있다

# 동아리 활동

성환이랑 동진이가
동아리를 만들겠다며
아이들을 모으고 있다

좋은 노래
좋은 책
좋은 그림
좋은 시간
이런 걸 찾아보고
대회에도 나갈 거란다

뭔 뚱딴지같은 소리야
뭐가 좋다는 건데
지도 교사는 누구로 할 건데

비밀의 숲을
떠도는 안개처럼
무성한 소문만 넘실거리고

동아리 확정표가 붙은 날
아이들은 게시판을 보며
멍해 있었다

동아리명 '멍때리기 좋은 날'

# 시험 보는 날

된장국에 만 밥을
숙제처럼 먹어 치운 아침

아무리 좋은 위로의 말도
가시처럼 걸리적거린다

날밤 새워 공부하고선
엄살떠는 포커페이스도
자기와는 상관없다는 듯
잠만 자는 보헤미안도

시험 보는 날 아침엔 입맛을 잃는다

# 하이 파이브

새싹 움트는 봄날
우리도 뭔가
쨍쨍하게 북돋우고 싶어
교실에서든
복도에서든
서로에게
하이 파이브를 하기로 했다

쭈뼛쭈뼛
좀체 손을 내밀지 않던 준형이가
수행 평가 발표문 끝에
파란 볼펜으로 쓴 한 줄

격한 하이 파이브가 필요합니다

# 동행

기러기 난다
바람에 맞서려고
시옷 자 편대로 난다

우리들은
무엇에 맞서기 위해
시옷 자처럼
날지는 못하고
피라미드 같은 나날들을
기어오르나

기러기처럼
누군가의 앞에 서서
아픔에 맞서지는 못한 채
뒤에 서서
고통을 나눌 다음 차례를
기다리지도 않은 채
무작정 기어오르기만 하나

가끔은 내 삶을 벗어나
누군가의 뒤처진 시간을 위해
함께 기다려 주고
함께 고통을 나누다
다시 삶으로 돌아올 수는 없는 걸까

맑은 하늘
기러기 시옷 자로 난다

제4부

어디까지
왔을까

# 꿈을 찾아 헤매다

뭐가 제일 하고 싶니?
수학, 인강으로 잡을 거야
제일 행복한 때는 언제야?
일단 점수 맞춰서 대학부터 가고

어느 대학에 가고 싶은데?
노래 부르는 게 제일 좋아
실용 음악과에 갈 거야?
그냥 노래 부르는 게 좋아

너의 우주와
나의 우주 사이에서
꿈을 찾아 헤매다

## 울컥, 다가오는 풍경

저녁 자습 시간 엎드린 너를 깨우러 다가서다 연습장의 낙서를 본다 엄마 아빠 동생 진로 고민 고3 자소서 수시 학생부 정시 영어 2등급 과탐 CARPE DIEM! 자전거 여행 버킷 리스트 그리고 긁적임 집과 교실 대학과 고등학교, 현실과 이상을 찾아 돌아다니다 아니

온 우주를 헤매다 잠든 너를 본다

# 진로 계획 발표하기

4차 산업 혁명 시대
진로도 천만 갈래라는데
교사 경찰관 공학자 의사
닮고 닮은
진로 희망들을 듣는다

나무 의사가 되고 싶다는
인기의 말에
눈이 커진다

감자에 장미를 꺾꽂이하고
접시에 이끼를 키우는
인기의 꿈은
나무 의사다

관찰 일기를 쓰고
벌레를 잡고
흙의 물기를 확인하고

비닐로 온실을 만드느라
쉬는 시간이 부족한 인기는

생명의 꿈에 흠뻑 젖은
희망의 이파리 가득한
나무 의사다

# 진로 희망 찾기

난 정말 국문과 가고 싶은데
엄마도 아빠도 선생님도
국문과는 먹고살기 힘들다며
온몸으로 말린다

난 정말 연예인이 되고 싶은데
엄마도 아빠도 선생님도
연예인은 아무나 하냐며
바늘구멍을 빠져나온 낙타들이라고
온몸으로 말린다

나는
뭐가 될 수 있을까
낙타가 아니라
사람인 나는 언제쯤 바늘구멍이 아닌
신기루 속 오아시스가 아닌
인간의 길에 도달할 수 있을까

# 금

복도 타일의 금을
밟는 것이 싫다는 동수는
비 오는 날엔
뾰족한 우산 꼭지가
즐비하게 늘어서는 게 싫다는
그 아이는

시험을 며칠 앞둔
비 오는 날
숙려 기간도 거부하고
자퇴를 선택했다

# 개학
코로나19 1


원격 수업 끝나고
첫 등교 하는 날

어서 와, 고등학교는 처음이지

플래카드 아래 줄지어 선
선생님들 사이로
새내기들이 쭈뼛쭈뼛 들어선다

주먹 하이 파이브만으론
쑥스러운 마음 떨치지 못해
마스크 위 눈망울은
자꾸 허공을 찾고

흐드러진 개나리꽃
인사도 없이
흩날리는 벚꽃 노래도 없이

늦봄, 낯선 교정
처음인 교실
처음인 친구
처음인 선생님

온통 처음인
의심쩍은 발걸음을 내딛는다

# 점심시간
코로나19 2


코로나가 만든
최악의 풍경

아크릴 칸막이 속
혼밥 아닌 혼밥
묵언 수행 하는 수도승처럼
가능한 건 눈빛 교환뿐

공갈빵처럼 부푼 마스크
가끔 삐져나오는
생글생글 눈웃음은
키득키득 몸웃음은
말릴 수 없다

이러다 우리
눈치코치 쪽으로만
기린 목처럼
자라나는 건 아닌지

어색하다
이런 장난스러운 침묵
불안하다
이런 진지한 망상

별일이다
내가 밥을 다 남겼다

# 온라인 합창제
코로나19 3


신입생 환영회도
체육 한마당도
수학여행도
수련회도
사라진 학교

집에서
학교에서
제각각 만들어 낸 토막 영상들이
씨실 날실처럼 모여
하나의 노래가 된다

수학 샘 드럼 소리에 신나
문학 샘 기타 선율에 설레
음악 샘 피아노 연주에 반해
침대에서 소파에서 책상 앞에서
마음으로 부른 노래

화면 가득
궤도를 벗어난 행성들의 잔치처럼
빛나는 한순간

세상 처음인 풍경이 보인다
세상 처음인 화음이 들린다

# 등교 준비
코로나19 4


밤새 별일 없는
내 몸에 감사하며
건강 상태 자가 진단

느슨해진 마음
솔솔 새 나가지 않게
마스크는 방패

속 타고 답답할 때
가슴을 적실 위생병
물병과 컵

운동화 끈보다
더 단단히 동여매는 경계의 끈
거리 두기 정신 무장

세상은 코로나 전쟁터다

# 원서 쓰기

도전
시간 장소 불문
내가 원하는 곳

적정
독립할 수 있는
최적 거리

안정
자유가 있는 곳이라면
어디든

# 선배 방문 특강

방문 특강을 하는
선배들은 다들
천재 아니면 괴물이다

하루에 수학 문제를 70개씩 풀고
국어 비문학 지문을 3개씩 읽고
영어 단어를 50개씩 외웠는데
여자 친구도 만나고
게임도 하고
담배도 피웠단다

나처럼
새벽까지 축구 경기를 보고
시간마다 매점에 가고
여자 친구는 못 사귀고
담배도 안 피워 본

신계도

선계도 아닌
평범한 인간계 선배들은
언제쯤 특강을 올까

# 부끄러운 일

함께
영화 보고
노래방 가고
축구하고 농구했는데
너만
성적 올랐다고 칭찬받던 날
한턱 쏜다는 널 뒤로하고
집으로 돌아오다

돌멩이 한번
툭
발로 차다
옹졸하게
옹졸하게
박혀
쪼그리고 앉은
내 그림자를 발견했을 때

# 하늘이 무너지는

국어 시간
아버지를 잃은 슬픔
천붕(天崩)이란 단어를 배운다

하늘이 무너지는 슬픔을
얼마 전 느꼈을 민수를
곁눈질로 바라본다

황사도
미세 먼지도 걷힌
맑은 하늘을

애써 외면하고 있다

# 기 싸움

수학 시간에 낑낑대는 걸 보고
유난히 크게 웃더라고
청소 시간에 찜해 둔 밀걸레를 가로챘다고
급식실에서 줄 서는데 어깨로 밀쳤다고
하품 소리가 너무 컸다고
괜히 째려봤다고
이랬다고 저랬다고

학기 초
아이들의 기 싸움은
사소함과 시시함의
외줄 타기다

# 책을 읽다가

친환경 재생 용지 사용

글씨를 털어 내면
종이만 남고
종이가 되기 전이면
펄프가 남고
화학 처리를 환원하면
나무가 남는다

책을 읽는 것은
나무의 호흡을
햇빛을 나누어 가지는 것
나뭇가지에서 쉬는 산새의
노랫소리 또한 나누어 가지는 것

내가 이렇게 맘짱이 되어 가는 데에는
다 이유가 있었다

# 라면을 끓이며

끓지 않는 물에
면을 넣을 순 없어

실타래 같은
삶을 받아들이려면
온전히 끓어올라야지

끓어오르기만 하면
모든 것
일사천리로 풀려
들숨 따라 빨려 드는 면발처럼
온전히 내 안으로 스며들 테니

끓어오르고 싶다
까치발로라도
마지막 1도를 더 담아
끓어오르고 난 뒤

진국 같은 순간들을
휘휘 저어 풀어 두고
마지막 한 방울까지

시간을 들이켜고 싶다

# 건의하는 글쓰기

1교시 화작 시간
집 나간 정신 줄은 귀가 전인데
아침부터 글쓰기라니

전자 담배 무상 지급
고3 전용 엘리베이터 설치
아는 만큼 스스로 출제하고 채점하기
한 달에 한 번 학교 바꿔 수업 듣기

개요를 훑어본
짝꿍의 뼈 때리는 지적질

건의하는 글쓰기
고려 사항은
모두에게 유익할 것
치우치지 말 것
합리적일 것 그리고
실현 가능할 것

정신 줄은 아직 가출 중

# 택배 상자

먼 길을 온 지친 기색이 전혀 없다
정해진 길을 따라
마땅히 와야 할 곳에 왔다는 듯
무덤덤하다
로켓처럼 날아왔으면서도
시공을 초월한 듯
도달했으므로 더 바랄 게 없다는 듯
거친 숨소리 한번 없다

아, 저렇게
무작정인 마음으로
오로지 도달할 그곳만 향해
나도 너에게로 달려가
한껏 무덤덤해지고 싶다

여기에 왔으니 다 되었다는 표정으로

# 어디까지 왔을까
죽순

죽순은
지금쯤 어디까지 왔을까

죽순에게도 길이 있다면

훌쩍 자란 키
여물지 않은 생각

나만큼 여린 죽순 앞에서
길을 묻는다

# 아파하는 마음, 곁에 있는 마음, 사랑하는 마음

**박종호** 서울고등학교 교사

## 1. 청춘의 꽃망울, 그 곁에서 길어 올린 시

그는 아침 일곱 시면 밤새 고요하던 교무실 문을 열고 자리에 앉아 컴퓨터를 켜고 바탕 화면에 있는 상담 파일을 연다. 수업하다가, 또는 복도에서, 급식실에서, 운동장에서 만난 아이들과 한두 마디 나눈 이야기도 적어 둔다. 여덟 시에 교실에 올라가 하나둘 들어서는 녀석들을 맞이하며, 눈빛만으로 몸과 마음이 어떠한지 헤아리느라 바쁘다. 수업이 빈 시간이나 점심시간에는 어김없이 교실에 들어선다. 언뜻 스쳐 가는 아이들 얼굴에서 보이지 않는 표정을 읽어 내는 시간, 난데없이 한 녀석이 너스레를 떤다. "삼나미 요 쪼깐 놈이 징하게도 왔다 갔다 해야 잉." 뒷문을 들어서다 딱 마주친 장면, 얼굴이 확 달아올라 얼어붙은 녀석에게 빙그레 웃어 주고 돌아선다.

여기서 '그'는 누구냐고 물으면, 어느 교실에든 꼭 한 명씩 있는 사람, '담임 선생님'이라는 대답이 자연스럽게 나온다.

꽃망울이다
청춘의
닫히지 않은 성장판이다

꽃의 속살은
움츠린 시간처럼
고요히
제각각
자라나고 있다

빅뱅 이전의 숨죽인 우주다

—「교실」전문

아이들은 피어나는 꽃망울, 계속 자라는 성장판이다. 또한 거대한 폭발이 일어나기 바로 직전에 숨죽이는 우주 같은 존재다. 저마다의 속도로 제각각 자라나는 아이들이 모인 교실에서 성장의 순간을 곁에서 보듬고 북돋는 이가 있다. 농부가 부지런한 걸음으로 곡식을 자라게 하듯이, 아이들 곁에 있는 시인도 한결같은 눈길로 아이들을 보살핀다. 눈치 빠른 사람은

벌써 알아챘으리라. 이삼남은 시인이자 교사, 날마다 아이들이 자라게 거름을 듬뿍 주는 농부다.

시인이 사는 교실에 한 걸음 가까이 가 본다. 시인은 스무 해 넘게 학교에서 학생들을 만나고 있다. 그 가운데 절반 가까운 시간을 고등학교 3학년 담임을 맡았다. 우스개 하나, 이 나라에는 고3과 고3 아닌 사람이 산다. 그 시절을 어떻게든 지나온 이들은 다시 돌아가기 싫은 시간이라고 고개를 흔든다. 학생 자신도, 그 곁에서 수험 생활을 함께해 온 가족들도 모두 그렇게 힘든 시간으로 기억한다. 유난한 교육열 어쩌고저쩌고하지만 그 시간이 지나가면 까맣게 잊고 만다. 모두가 그렇게 잊고 마는 시간을 한 해도 아니고 10년이나 똑같은 일을 맡아서 엄청난 감정 노동까지 감당해 내는 그는 어떤 사람일까.


저녁 자습 시간 엎드린 너를 깨우러 다가서다 연습장의 낙서를 본다 엄마 아빠 동생 진로 고민 고3 자소서 수시 학생부 정시 영어 2등급 과탐 CARPE DIEM! 자전거 여행 버킷 리스트 그리고 긁적임 집과 교실 대학과 고등학교, 현실과 이상을 찾아 돌아다니다 아니

온 우주를 헤매다 잠든 너를 본다

　　　　　　　　　　　　　　　　—「울컥, 다가오는 풍경」 전문

감독 교사는 엎드려 자는 학생이 보이면 깨우러 간다. 가까이 가서 "일어나 정신 차려라!" 이렇게 말하고 돌아서면 된다. 그런데 학생에게 다가서다 낙서를 본다. "현실과 이상" 사이, "온 우주를 헤매다 잠든" 학생을 보면서 울컥, 한다. 우주 그 자체인 존재가 겪는 고통을 눈앞에 마주하면서 함께 아파하고 공감한다. 이런 순간에 시는 태어난다. 아니, 시를 길어 올린다고 해야 맞는다. 그것이 삶에서 우러나는 시다. 삶에서 나오지 않은 시, 삶을 담지 못한 시는 다 가짜 아닌가. 아름답고 곱고, 추상과 형상을 거쳐 태어난 언어 예술 어쩌고 하는 말들은 다 부질없다. 지금 여기, 아이들의 모습에서 삶이 고스란히 드러나는 시가 나와야 한다.

교사 이삼남은 날마다 밤 열 시까지 '자기 주도 학습'을 하는 아이들 곁을 지킨다. 이렇게 가슴으로 길고 무덥고 힘겨운 수험생의 짐을 같이 지고 걷는다. 수업 시간은 또 어떤가. 5교시는 점심 먹고 난 뒤라, 모든 교실에서 '잠 깨라' 외치는 소리가 학교를 뒤덮는다. 게다가 5교시가 문학 시간이라면 조곤조곤 속삭이는 선생님의 목소리는 '강력 수면제' 효과를 내고 만다. "이별과/눈물과/강물의 의미를 말하다" "멀쩡한 애들 다/숙면의 강에 띄워 보낸"(「5교시 문학 시간 1」) 선생님은 "잠 좀 깨자"면서 "철 지난 드라마/배경 음악"(「5교시 문학 시간 2」)을 틀어 놓고 아이들을 다독이며 수업을 이어 가고자 애쓰지만 소용없다. "잠잘 때 써먹는 유머/요즘 유행하는 노래/인기 있는 아이돌"(「5교시 문학 시간 2」)을 교과서 귀퉁이에 깨알같이 미리 적어 놓고 분위기를 바꾸려고 노력해 보지만 히히 웃던 아이들은 어느새 다시 꿈나라로 떠나 버린다.


## 2. 온라인 클래스와 흔들리는 학교의 일상

코로나19가 들이닥친 학교의 일상은 또 어떻게 그 안의 삶을 바꾸었는가? 세상이 모두 허둥지둥할 때, 학교는 어떻게든 교육 과정을 이어 가려고 몸부림쳤다. 시행착오를 거듭하면서도 학교마다 온라인 교실이 열리고, 학교는 그 큰 덩치를 그대로 드러내 놓고 등교 수업 날에는 절반 또는 3분의 1 정도의 학생들을 맞이하기 위해 기다려야 했다.

유리창 너머
줄지어 칠판을 향한 책상들
문 닫힌 매점 앞
덩그러니 선 자판기
운동장 귀퉁이
옆으로 길을 트는 담쟁이
수돗가 비탈진 곳
옹기종기 수다 떠는 나팔꽃

잔디밭을 차지한 까치 두 마리
뒷동산 터줏대감 길냥이

쉬는 시간마다 시끌벅적하던
삼삼오오 BTS 노래를 떼창 하던
우리는 화면 속으로
모두 몰려가 버리고

학교도
화면 속 온라인 클래스도
음 소거된 일상

그토록 잠재우기 힘들었던
소란은 다 어디로 갔나
—「온라인 클래스 2」 전문

아이들 소리가 사라진 "운동장 귀퉁이/옆으로 길을 트는 담쟁이", "잔디밭을 차지한 까치", "뒷동산 터줏대감 길냥이"만 시인의 눈에 들어온다. 아이들로 꽉 찼던 교실과 복도에는 정적이 감돈다. 늘 그 자리에 있던 풍경들도 아이들이 없으니 생기를 잃을 수밖에 없다. 주인 없는 텅 빈 방에 들어선 것처럼 허전함과 쓸쓸함이 느껴지고, 아이들의 떠드는 소리로 어수선하던 그 '소란'마저도 그립다. 그러다 문득, 학교는 공부만 하는 곳이 아니라는 걸 깨닫는다. 그래서 이렇게 노래한다. "너 없는/며칠이면 충분했다//너는/공부만 하는 곳이 아니라는 걸/깨닫기까지"(「온라인 클래스 5」).

대면 수업이든
원격 수업이든
고3이
몸 맡기고 달리는 길은
하나였다

입시라는 괴물이 가리키는
손끝을 향해

—「온라인 클래스 6」 부분

책 한 권을 보더라도
생기부 어디쯤 내려앉을지 따져 봐야 하고
나의 말과 행동이
문자와 숫자와 스토리가 되어
평가자에게도 보이는지 살펴야 한다
자율적으로 한 활동이지만
늘 타인을 의식하는 자율이어야 하고

무엇을 보고 듣든

적합성이란 녀석의 입맛에 맞는

진로 활동이어야 한다

—「학교 생활 기록부」 부분

온라인 클래스에서는 쌍방향으로 출석을 체크하고, 온라인으로 동영상을 되돌려 보고 또 본다. 온라인으로 토론하고, 발표하고, 상담도 한다. 스마트폰이나 태블릿 피시 등 첨단 기기를 사용하며 책상에 앉아 있지만, "입시라는 괴물이 가리키는/손끝을 향해" 내달려 가야만 한다. '학교 생활 기록부'를 위해서 책 한 권 읽는 일도, 스스로 즐기면서 해야 할 자율 활동도 타인을 의식해야 한다. 그러니 "생기부 어디에도/그냥 방바닥이나 긁고/종일 뒹굴며 게임이나 하고/친구랑 수다 떨며 떡볶이나 먹는/평범한"(「학교 생활 기록부」) 학생은 없다. 그래서 학생들에게 "길은 여전히 오리무중"(「온라인 클래스 6」)이다. 이렇게 말하면 쓸쓸하지만, 정말 시를 읽는 마음도 아프다.


3. 사춘기를 건너가는 아들딸, 그 곁에

시집 제2부에는 중학교, 고등학교 시절을 건너가는 아들과 딸, 그리고 자식들의 인생을 묵묵히 응원하는 부모의 삶을 그

려 낸 시를 담았다. 「왼팔」, 「말하지 않아도」, 「엄지척이 이렇게
힘든 줄은」, 「뼈 속의 방」에는 큰 수술을 하고 난 뒤 그 아픔의
순간에 겪었던 두려움과 충격이 고스란히 드러나 있다. 아이,
아빠, 엄마 모두가 침착하려고 애쓰면서 서로 보듬는 모습이
애틋하다.

하느님이
선물처럼
내게
뼈 속의 방 하나를 만들어 주셨다

내가 너무
악착같을 때
모진 마음이 들 때
조용히 물러나
마음이 머물

휴식 같은 방이다

— 「뼈 속의 방」 전문

네가 바라보는
별빛의 길을

잃지만 않으면 돼

어디서든
일어서기만 하면
그곳이 시작이야

—「아빠의 편지」 전문

왼팔이 부러져 수술을 한 아이가 자신의 몸을 스스로 받아
들이는 모습과 아빠가 아이에게 건네는 편지를 거듭 소리 내어
읽어 본다. 누구나 몸 어딘가에 하나쯤 "휴식 같은 방"이 있고,
어디서나 길을 찾을 때 '별빛의 길을 잃지만 않으면 그곳에서
다시 시작할 수 있어'라고 격려를 받는 삶. 아이와 부모가 서로
마음을 나누고 의지하고 기대며 나아간다. 이런 삶은 모두에게
빛을 주는 희망 아닌가. 다른 사람과 관계 맺고 사는 일도, 모르
는 것투성이인 공부 길을 헤쳐 나갈 때도 이런 마음에 기대고
나아가면 되지 않을까.

희한한 건
그놈의 맛이라는 게
매번 다르다는 거다

나에게 떡볶이는

간식이 아니라 이야기다
우정이고 인생이야
알기나 해

콩콩이 타러 다닐 때는
콩콩이가 알파고 오메가라더니

너와 떡볶이의
복잡한 함수 관계는
아무래도 수수께끼다

          —「너와 떡볶이」 부분

「너와 떡볶이」는 '딸 바보' 아빠의 마음이 드러난 시로 볼 수 있다. 아빠와 딸의 관계는 엄마와 딸의 관계와는 또 다른 무언가가 있다. 아빠의 시선으로 사춘기 딸을 바라보면 이쁘고 사랑스럽고 귀엽고 그러면서도 가끔은 날카로운 발톱으로 손등에 상처를 남기기도 하는 다양한 딸의 모습이 보인다.

 "일요일마다 반복되는/떡볶이 맛집 유랑"에 따라가는 화자는 "암만 봐도/그 집이 그 집인데/떡볶이 맛이/집집마다 다르다는 건/알다가도" 모르겠다. 떡볶이 하나에 무슨 사연이 그리도 많은지, 그 탐구심으로 공부를 했으면 하는 마음을 품어 본다. (말을 하면 또 할퀼 테니까 말은 못 하고 만다.) '떡볶이는

118

우정이고, 인생이고, 이야기'라고 당당하게 말하는 '너'를 그저 관찰하면서 그 "복잡한 함수 관계"를 '수수께끼'라 여긴다.

그런데 이 시를 친구 사이에 오가는 대화로 읽을 수도 있지 않을까? 호기심 가득한 사춘기 청소년들이 나누는 풋풋한 만남에 나란히 올려놓고 읽으면 더 실감 나게 다가오기도 한다. 사춘기는 그야말로 수수께끼 같은 오묘한 관계가 피어나는 시간이니까.


## 4. 동행, 택배 상자, 시와 삶이 하나 되는 날

고3 교실의 숨 막히는 경쟁을 이야기하는 언론 보도는 수없이 많다. 그러나 교실의 풍경이 늘 숨 막힘만 담는 것은 아니다. 자신이 공들여 만든 공부 공책을 거리낌 없이 친구에게 빌려주는 아이가 있는가 하면, 자기 볼펜을 사면서 친구 것까지 함께 사서 책상 위에 살짝 올려 두는 아이도 있다. 힘들고 고달프지만 즐겁게 경쟁할 수도 있다는 것을, 따뜻하게 배려하고 기꺼이 희생할 수 있다는 것을 아이들은 보여 줄 때가 있다.

고3 아이들은 너나없이 "시험 보는 날 아침엔 입맛을 잃는다"(「시험 보는 날」). 그렇지만 여기서도 파릇한 봄날 같은 희망을 북돋우며 살아간다. "새싹 움트는 봄날/우리도 뭔가/쨍쨍하게 북돋우고 싶어/교실에서든/복도에서든/서로에게/하이 파이브를 하기로 했다"(「하이 파이브」). "수학 샘 드럼 소리에 신나/문학 샘 기타 선율에 설레/음악 샘 피아노 연주에 반해/침대에서 소파에서 책상 앞에서/마음으로 부른 노래"에서 보듯 따뜻하고 "빛나는 한순간"(「온라인 합창제」)도 있다. 코로나19로 인한 비대면 상황에서 '따로 또 같이' 음악으로 잇는 만남은 역설적인 감동의 시간을 이끌어 낸다.

　　기러기처럼
　　누군가의 앞에 서서
　　아픔에 맞서지는 못한 채
　　뒤에 서서
　　고통을 나눌 다음 차례를
　　기다리지도 않은 채
　　무작정 기어오르기만 하나

　　가끔은 내 삶을 벗어나
　　누군가의 뒤처진 시간을 위해
　　함께 기다려 주고
　　함께 고통을 나누다
　　다시 삶으로 돌아올 수는 없는 걸까

　　　　　　　　　　　　　　　　　　　—「동행」 부분

기러기는 시옷 자 모양으로 날아간다. 뒤따라오는 새가 바람의 저항을 덜 받게 하기 위해서다. 그런데 사람은 무작정 남보다 먼저 앞으로 기어오르고자 한다. 시인은 묻는다. 우리도 기러기처럼 "고통을 나눌 다음 차례를/기다리"고, 함께 고통을 나누면서 살 수 없느냐고. 마음의 아픔을 지닌 청소년들이 갈수록 늘어 가고, 성적이나 진로에 대한 고민으로 여전히 불행하지만, 그래도 "함께 기다려 주고/함께 고통을 나누"면서 힘을 북돋우자고 말한다.

이제 '시인' 이삼남과 '교사' 이삼남 사이는 어떤지, 둘 사이 틈이나 거리에서 생기는 쓸쓸함을 어떻게 받아들이고 있는지 물어야 할 차례가 되었다. 시를 생각하면서 사는 시인의 삶과 학교라는 현실 터전을 숙명처럼 짊어지고 살아가는 교사의 삶이 일치할 수는 없다. 날마다 시를 가르치며 아이들과 삶을 나누면서 살고 싶지만, 교사는 수능 시험에 필요한 것을 하나라도 더 알려 주기 위해 문제 풀이에 매달려 살아야 할 때도 있다. 비 오는 날이면 창문을 열고 시 한 편 낭송해 주기도 하지만, 한편으로는 입시 요강을 줄줄이 훑고, 출제 경향을 확신에 찬 목소리로 이야기하는 선생님이어야 한다.

이렇게 '경계인'으로서 어느 쪽에도 완전히 '퐁당' 몸을 적시지 못하고 있기에 느끼는 괴로움 또는 쓸쓸함이 시인 이삼남 주위를 감싸고 돈다. 조금이라도 더 교사이고자 애쓰고, 시인의 길을 잃어버리지 않기 위해 시를 쓰려고 한다. 이런 '긴장

감'이나 '욕구 불만'이 만들어 낸 쓸쓸한 바람의 거리쯤에서 살고 있다고 보인다. 언젠가 두 경계를 벗어나는 날이 온다면 그 때는 훨씬 더 자유롭게 교육을 이야기하고, 훨씬 더 즐겁게 시를 이야기할 날이 있지 않을까 기대하면서.

시인은 다른 사람들과 일을 나누어 할 때면 늘 재빠르게 맡은 바를 해낸다. 시를 쓸 때는 걸음걸이가 느리고 더디다고 변명하지만, 실은 느린 만큼 더 공감이 가는 언어로 삶의 풍경을 담백하고 따뜻하게 담아내기 마련이다.

먼 길을 온 지친 기색이 전혀 없다
정해진 길을 따라
마땅히 와야 할 곳에 왔다는 듯
무덤덤하다
로켓처럼 날아왔으면서도
시공을 초월한 듯
도달했으므로 더 바랄 게 없다는 듯
거친 숨소리 한번 없다

아, 저렇게
무작정인 마음으로
오로지 도달할 그곳만 향해
나도 너에게로 달려가

한껏 무덤덤해지고 싶다

여기에 왔으니 다 되었다는 표정으로

—「택배 상자」 전문

시인 이삼남은 몇 단계를 거쳐 드디어 목적지에 닿은 택배 상자처럼 덤덤하고 묵묵하게 걸어가고 있는지도 모른다. "여기에 왔으니 다 되었다는 표정으로" 스스로 대견하게 여기며, 아이들과 벗들을 위해 맞바람을 맞으며 앞서기도 하고 지칠 때는 잠시 물러나기도 하면서. 혹시나 뒤처진 아이들을 위해서는 기꺼이 자신의 시간을 내주기도 하면서 그렇게 따뜻한 눈으로 주변을 바라보면서 말이다. 그는 좋은 선생님, 미더운 벗이고, 딸 바보 아빠이며, 마음 따뜻한 시인이다. 그가 너무 악착같이 살지 말고, 여린 마음에 상처를 더 받지 않기를 바란다. 나아가 세상의 다양한 풍경 속에 스스로 또 하나의 풍경이 되어 따뜻한 세상을 그려 내는 시인의 시간을 더욱 풍성하게 누리기를 간절히 소망한다.

## 시인의 말

23년의 교직 생활 중 10년을 고3 담임으로 살았습니다. 몇 차례 교육 과정이 바뀌고 교과서도 달라졌지만 '입시'라는 괴물 앞에서 교육의 본질을 말하는 것은 여전히 어렵고 조심스럽습니다. 사실 이런 고민은 어제오늘의 일이 아닙니다. 30년도 더 지난 고등학교 시절, 우리들이 꿈꾸는 삶은 별처럼 멀어 보이고 현실은 여름밤의 텁텁한 공기처럼 답답하기만 하다고 푸념했던 기억이 생생하니까요.

그때의 나로 돌아가, 그때의 나와 같은 시절을 살아가는 해나, 해솔이의 시간 속에서 청소년의 삶을 들여다보고 싶었습니다. 아침부터 저녁까지 무슨 일이 벌어지는지, 친구들과 선생님 그리고 가족에 대해서는 어떤 생각을 하는지 그들의 가슴으로 느껴 보고 싶었습니다.

학생들에게 교실은 희로애락으로 가득한 생생한 체험의 현장입니다. 때론 무겁고 아픈 이야기도 있지만, 꽃봉오리 속에 담긴 꽃의 시간처럼 언젠가는 활짝 피어날 미래를 꿈꾸는 날도 많습니다. 그 모든 이야기가 제 나름의 빛깔이 되어 청소년들의 시간을 아름답게 물들이리라고 믿습니다.

어느 때보다도 희망의 언어가 필요한 때입니다. 코로나, 마스크, 온라인 클래스가 뿌연 황사처럼 몸과 마음 위를 떠다니는 우리의 시간들. 한편으로는 교실에서, 운동장에서, 거리에서, 집에서…… 한 줌의 따뜻한 말과 눈 맑은 지혜가 움트기 시작해 어느새 파릇하게 자라나고 있음을 느낍니다. 여기 담긴 우리들의 이야기가 공감을 넘어 작은 위로가 될 수 있다면 더할 나위 없겠습니다.

2021년 6월
이삼남

**창비청소년시선 35**

너와 떡볶이

초판 1쇄 발행 • 2021년 6월 25일

지은이 • 이삼남
펴낸이 • 강일우
편집 • 정미진 박문수
조판 • 이주니
펴낸곳 • (주)창비교육
등록 • 2014년 6월 20일 제2014-000183호
주소 • 04004 서울특별시 마포구 월드컵로12길 7
전화 • 1833-7247
팩스 • 영업 070-4838-4938 / 편집 02-6949-0953
홈페이지 • www.changbiedu.com
전자우편 • textbook@changbi.com

ⓒ 이삼남 2021
ISBN 979-11-6570-064-5  44810